Meine Großeltern sagten, sie möchten auch gerne mal wieder mitkommen.
Ugh ...
Sie verstehen sich wie immer blendend.
Man sieht Mako selten so irritiert. Das ist süß.
Aber ich bin ein bisschen eifersüchtig.
...
Eifersüchtig ...
Hm?
Ah!
Er steht dir!
Tada!
KLATSCH
KLATSCH
KLATSCH
Er steht dir!
Makoto, danke fürs Essen!
Das werdet ihr büßen ...
Ende.
Ende.

Danke für neulich.
Wirklich.
Es ist schön jemanden zu haben, mit dem man reden kann.
Sie sind also Schneider?
Ja.
Schneidern Sie Maßanzüge?
Richtig.
Klasse! Das ist cool.
Offenbar ging es bei uns sogar um dasselbe Thema, was?
Stimmt.
Das ist wirklich eine Überraschung.
Tja, aber ...
... zum Glück geben wir nicht so schnell auf.
Stimmt ...
Un des halb
Ich möchte Kota doch gerne darin sehen!
Hä?
Heute Abend komme ich in dein Restaurant, Mako! Ist beschlossen!
Wie bitte?!
Mo...
Mach lieber deine Arbeit!
Aber ich sehe mir doch an, ob meine Arbeit gelungen ist.
Suzu, du kommst mit, ja?
Ich möchte gerne Makotos Essen essen.
Wirklich?
War...
Abgemacht!

*mit Bohnenmus gefüllte Reiskuchen

Danke für den Kimono.
Ich hätte ihn heute gerne getragen, aber ...
... Mako ...
... Makoto ...
... war das peinlich!
Seht ihr euch wirklich zum ersten Mal?!
Das reicht jetzt!
Verdammt! Ich will nach Hause ...
Makoto.
RATTER
SCHLEICH
Suzunari!
Es ist lange her.
Du hast dich nicht verändert ...
Hallo.
Er ist der Schneider von Gegenüber.
Ich heiße Suzunari Kanekura.
Schneider? Cool!
Ach ja.
Ich habe dir etwas mitgebracht, Suzunari.
Und ich?

Sein Haar ist wieder gewachsen.
Freut mich! Ich bin Kota Takahashi!
PACK
Hallo. Ich heiße Yonosuke.
Ah ...
Ah.
Ah.
Makoto ...
Herzlichen Glückwunsch!
Der ist ja richtig heiß!
Danke.
Kh ...
Genau deshalb wollte ich ihn nicht mitnehmen ...
Dieser Mann ist also Makotos ...
... der mir wichtig ist ...
Ähm ...
Yonosuke ...
Wir sind vom Alter her nicht so weit auseinander.
Nenn mich Yo.
Yo.

Wir haben uns doch Mühe gegeben, oder? at *Aioi Musubi x Oshitate-san**

*Der Manga *Kujira no Oshitate-san* von Syaku erschien 2016 in Japan.

Im Fluss der Zeit

Im Fluss der Zeit

KNIRSCH
Immer wenn du anfängst, gedankenverloren Töpfe zu polieren, ist das ein Zeichen dafür, dass du Sorgen hast.
...
QUIE QUIE
Und in letzter Zeit hattest du viel zu tun.
...
Hast du dich erholen können?
Dank dir.
Grins
Das sollte also eine Verschnaufpause sein?
Was?
Du hast gemerkt, dass das ein Date ist?
Das ist doch offensichtlich ...
Ende.

Ah ...
RAUSCH
RAUSCH
Das Meer.
Ja.
TAPP
TAPP
TAPP
TAPP
TAPP
TAPP
Uwaaaaah!
PLATSCH
PLATSCH
Waaa-aah!
SPLASH
...
PLITSCH
Mist!
Das ist ja eis-kalt!
...
PLATSCH

MAMPF
Lecker!
Köstlich!
Was ist das für Fleisch?
Diese lokale Burger-Spezialität ist der Wahnsinn.
So was ist hin und wieder ganz nett.
Und?
Wohin als Nächstes?

Das passt noch rein at *Aioi Musubi*

Trick or Treat!
Was Leckeres zu essen bitte!
Waaah!
Si-cher ...
Greift zu.
BRUTZEL
Frittierte Stachelmakrele.
Das ist ja ein Mordin-strument!
BRUTZEL
Frisch frittiert.
Kann ich das endlich auszie-hen?
BRUTZEL
Das beruhigt ...
Daraufhin aßen alle gemeinsam leckere Kürbis-gerichte und frittierte Sta-chelmakrelen.
Ende.

*Dämonenfigur aus jap. Volkstum

Am nächsten Tag.
Ach was ...
Ich erwarte nichts Großes.
ZUCK
Aber ...
... würde ich das sagen, wäre es eine Lüge!!!!
Haarwachs.
WAOOO
Kota: Werwolf
Wo hat sie dieses Kostüm überhaupt gekauft?
Auf Chika ist bei so was echt Verlass.
Yeah!
Ja ...
RATTER
He, Kota.
Leihst du mir dein Haarwachs?
Na kl...
DREH
Makoto: Vampir
DOOOOM
Kyaaaaaah!
Angst! Du siehst gruselig aus, Mako! Das passt viel zu gut zu dir!
Nebenbei, das ist ein ziemlich klassisches Kostüm!
POCH POCH
POCH POCH POCH
Deines passt auch perfekt zu dir.

Hah ...
Moment mal!
Mako trägt nie etwas anderes als Kimonos oder schwarze Kleidung.
Darin sieht er auch cool aus!
Vielleicht bekomme ich etwas richtig Seltenes zu Gesicht?
HIBBEL
HIBBEL
HIBBEL
Abgesehen davon ...
... sind die Kostüme von Chika ...
POCH POCH
DODOMM DODOMM
Frauenkleider ...?
... oder eine Hexe?
Eine Krankenschwester ...
GRÜBEL
GRÜBEL
...
GRÜBEL
GRÜBEL ...
Ich fange mal an, die Küch vorzubereiten ...
He, Kota ...
Strengen wir uns an!
STRAHL
STRAHL
Hä?
Ah, klar.
GRP
STRAHL
STRAHL
Strengen wir uns an!!!
STRAHL
Ja ...

Eine ganz normale.
Ich habe eine anständige Arbeit.
Was für eine Firma benutzt so was ...?
Die waren für Halloween!
Ich dachte, ihr habt sicherlich sowieso nichts geplant.
Wenn wir schon die Gelegenheit haben, veranstalten wir morgen doch eine Party!
Wenn sie schon mal dabei sind ...
Außerdem möchte ich dein Essen essen, Mako.
In Ordnung. Morgen haben wir eh geschlossen.
Mako?!
Wirklich?! Juhu!
Das wollte ich schon immer mal machen!
Wusste ich es doch!
Dann bis morgen! Und zieht unbedingt die Kostüme an!
Bis dann.
RATTER
RATTER
KLACK
Mak...
WAPP
Ich glaube, das ist nichts für ihn.
Leichtes Lächeln.
Oh. Er ist im Geschäftsmodus.
Sie ändert sich nie ... Chika ...
SEUFZ

Unfug treiben at *Aioi Musubi**

*2014 erschienener Titel von Syaku

Im Fluss
der Zeit

So hab ich überhaupt nicht geschaut ...!
Hast du wohl.
Ich sehe so was!
Nein, nein, nein ...!
Das Nächste!
Ich kämpfe dagegen an!
Wogegen denn ...?
Das geht heute schon den ganzen Tag so.
Ende.

Du und Kiku, ihr wohnt im Moment zusammen, oder?
Nimmst du dich zurück, weil du nicht allein bist?
Manchmal bist du echt krass direkt.
Na ja ...
Macht es Spaß?
Es ist kompliziert.
Kompliziert, ja?
Tja, er besitzt schon eine einzigartige Ausstrahlung.
Als du seine Reisbällchen gegessen hast, hast du zwar entnervt dreingeschaut, aber du sahst auch ein kleines bisschen glücklich aus.
Abgesehen von *dieser* Tatsache.
Deshalb mache ich mir um euch keine Sorgen.

Shiro, hat sich dein Geschmack verändert?
Ich hoffe, dass es so ist ...
Stimmt denn was nicht?
Die hier ist echt süß.
Ich versuche, dagegen anzukämpfen.
Gegen dein Verlangen?

Nein ...
Unmög-
lich.

Kik...
ugh...

BADAMM
...
PLÄTSCHER
Jetzt geht's mir besser ...
Das war nichts weiter als ein natürliches Bedürfnis, wie immer.
Gefasst.
Auf was für Gedanken komme ich denn?
Ugh ...
Mist!
Argh ...

WUPP

RASCHEL
Was habe ich ...
... im Traum ...
... von ihm begehrt?

Traum und
Wirklichkeit

ZZZ
Was war das denn gerade ...?
Wie jedem gesunden jungen Mann ...

Puh ...
... pas-siert mir morgens das.
Ich weiß ja, dass meine Morgenlatte nichts damit zu tun hat, aber ...
... wenn ich sein Gesicht direkt vor mir habe ...
... und sei-ne Wärme spüre ...

Wer käme da nicht auf falsche Gedanken?
Das liegt bestimmt an dem Traum ...
Ist es sein Gesicht?
Ja, das muss es sein.
Wahrscheinlich ist er mein Typ.
Er wirkt ja auch ziemlich androgyn ...
...